메이션학과 졸업

근무

즈(중앙대학교 아트센터) 애니메이터

고대영시인이 태어나고 자란 고향집 뒷편 고개마루를 뜻하며 그곳에 300년

란 두 그루의 보호수 느티나무가 버티고 있어 전설과 역사가 깃든 곳

우ㄷ

—

표지그림

고요한

– 남서울대학교 애니

– 日本KES 한국지사

– 주)탁툰엔터프라이

그림설명 핑구재는

넘는 커디

[

시인의 말

까마득히 먼 길을 왔다

공직을 명예롭게 퇴직 하였다
뒤돌아보면 까마득히 먼 길을 왔다

비가 오면 비를 맞고
바람이 불면 바람과 친구하며
내 작은 영토에 씨를 뿌려 매고 가꾸며
꽃을 피워 올리려고 노력하였다

첫 시집을 발간하고 12년이란 세월이 흘러 갔다
내 게으름 탓이다
이미 발표된 작품 몇 편을 다시 퇴고하여 게재하였음을
밝힌다

2016년 초여름
필봉산 기슭에서
高 大 榮

고대영 시집 『핑구재느티나무』 차례

시인의 말 : 까마득히 먼 길을 왔다
작품해설 : 실존적 자아 탐구와 인식의 반전   조석구

Ⅰ. 푸르른 전우애

Ⅱ. 핑구재느티나무

Ⅲ. 세월의 강

Ⅰ. 푸르른 전우애

공인의 길

나의 길
공인의 길

나 아니어도
누군가가 그 길은
걸어야 할
힘든 길 외로운 길
가도 가도 끝이 없는 길

먼 훗날
뒤돌아 볼 그 길은
그립고 아쉬운
젊은 날의 길

나의 길
공인의 길
새롭게 다듬는
끝이 없는 길

노을 속의 아버지

석양에 노을이 지면
그리움이 몰려든다

들녘에서 풀을 뜯는 황소들은
주인을 기다리며
마을 끝을 바라본다

노을이 지면
일손이 바빠진다
뭍 사람들은
기다리는 처자식을 향해
발걸음을 재촉한다

날짐승
들짐승
풀벌레도
내일의 희망을 간직한 채
포근한 꿈을 꾸며
보금자리를 찾는다

노을이 물들면
먼저 가신 아버님 생각에
그리움이 밀물처럼
내 가슴에 몰려온다
노을 속에 서계신 아버님 뒷모습

어머니

따뜻한 봄날
어머니 정성어린 쑥부침 냉이국 향기
내가 쑥쑥 자라난 사랑의 묘약

무더운 여름날
감자 수제비 꽁보리밥
궁핍한 시절
눈물겨운 사랑의 추억

낙엽지는 가을
끓여주신 노오란 호박죽
그 달콤한 입맛
다시 가슴을 적셔오는 뜨거운 그리움

눈 내리는 겨울
외로운 어머니
따끈한 군고구마 쪼개고
마주하신 다정한 대화
귓전에 들리는 그 시절 포근한 정

봄 여름 가을 겨울
지금도 또렷한 어머니 체취
상기 가슴 깊이 맴도는
따스한 어머님 사랑

용담

천년을 흐르는
산빛고운 내고향 용담

거긴 꿈틀꿈틀 용이 하늘로
치솟아 올랐다던 전설의 고향

오포동 옹애나무
고지배기 빼던 절골
나를 지켜주던 메봉재
풍덩실 헤엄치던 섬바탕
하늘을 찌르는 용강산

태어나고 자라온 나의 쉼터
포근한 둥우리

언제인가 되돌아가
내가 묻힐 영원한 동산

아아
물맑고 산빛고운 그리운 고향
언젠가 다시 돌아갈 내 고향 용담

동창생

동창생
우리는 사제간에 매년 만나게 된다
만날 때마다 그 시절로 돌아가
특유의 사투리와 별명을 부르며
밤새도록 이야기 꽃을 피운다

초등시절 사진 펼치고 까까머리 그때를 회상해본다
꾸지람 들었던 일, 쓸데없이 사고치던 일
모두가 아름다운 추억이다

선생님은 그때 그 모습 그대로인데
우리 제자들만 늙은 것 같다
이제 사제간에 같이 늙어간다

대머리 영생이는 70이 넘어 보이고
병진이는 지금도 소년처럼 동안이다

삶에 허덕이는 친구들 보이지 않고
소중한 만남 그리워하는 친구들만 모여드네

창수, 호수
그리고 송림, 운교리 친구들이 그립다

풍도의 추억

안산 앞바다
설레는 마음안고 서해바다 가르며 풍도를 향한다
준배 재훈 경현 우태
순수한 그들은 소풍가는 마음으로 벅차 있다

스트레스 바다에 날려 보내며
풍도 향해 달린다
홀로 서있는 풍도는 육도가 있어 외롭지 않다

아나고, 갯장어, 꽃게, 상어회
모두 새큼 감칠맛
섬사람들은 포근하고 따뜻했다
그리고 뭍 사람을 기다려 왔다

우린 하루만에 친해졌고
아쉬움을 남기며
다음을 기약하고
떠나야만 했다
풍도의 아름다운 추억을
가슴에 담고서

눈 내리는 날이면

눈 내리는 날이면
들길을 걷고 싶다
추억 속에 그리움을 키우며
호올로 걷고 싶다

눈을 맞으며 길 걸으면 들려온다
고향집 섬돌 위에 남아 있는
푸르른 아버님 기침소리

눈 내리는 날이면
해 저물고 싶다
추억 속의 강물을 보며
그대와 같이 걷고 싶다

눈을 맞으며 길을 걸으면 들려온다
고향집 육간 대청 아직도 남아 있는
어머님 베치마 끄는 소리

결혼 기념

30년을 거슬러 상기하며
남이섬 겨울 연가를 그려 본다

세월이 덧없음을 탓하며
지명知命을 맞이하는 기분이야
감회가 새롭다

10월 9일
그때 그 시절
단꿈의 신혼이었지

둘만의 여행은 그리 많지 않은 탓에
쑥스런 손잡음이
어쩜 새롭게 시작하는 기분과도 같았다

환상의 남이섬
아름드리 울창한 나무
잔잔한 호수는 옛날을 그리워하며
미래의 추억을 속삭인다

겨울 연가 흉내 내며
자전거로 섬을 돌며
다정스럽게 이야기꽃을 피워본다

나이답지 않게 어색함은
예나 다름없다

강변에 떠 있는 반달모양 남이섬과
감악산 구곡폭포 앞에서
결혼기념 추억을
사진으로
마음껏 전시해 본다

푸르른 전우애

가을이 오면 내무반 막사 앞에
전우애로 피던 하양 분홍 빨강의 코스모스

40년 전 생사고락 함께한
전우들이 가을 그리움으로 만난다

상무대는 없어지고
그 자리에 낯선
밀락동 횟집만이 우릴 반긴다

횟집에 앉아 질겅질겅 옛날을 씹으며
동근이 인환이 원달이 선집이와
소줏잔을 기울인다
한 잔 또 한 잔

이등병 시절
왜 그렇게 시간은 더디게 흘러 지루했는지
그토록 우릴 괴롭힌 김상사를 떠올리며
우리는 낄낄대며 박장 대소를 한다

고향에서 보내온 꽃편지
돌려가며 읽던 진솔했던 그 시절

그 추억은 푸르른 전우애로
우리들 가슴속에 싱그럽게 살아 남아
영원히 활화산으로 타 오른다

백운동 계곡

어머니 품처럼 덕을 베풀며
뭇사람을 포옹하는 덕태산
도심에 찌든 인파들이 물줄기 따라 몰려든다

수려한 산 맑은 물 우리의 샘이기에
생명줄 찾으며 깊은 계곡을 거슬러 올라간다

산에서 풍기는 은은한 산 내음
우리들 마음 속 영혼의 향기

이따금 들리는 매미 소리는
도심의 복잡함을 잠 재운 지 오래다
고요 속에서 우리 형제는
뜨거운 혈육의 정을 나눈다

가난으로 고생했던 과거를 되새기고
세월의 덧없음을 한탄하며
밤새도록 까마득한 얘기 꽃을 피운다
먼저 가신 선친에 대한
불효를 새삼느끼게 한다

철부지 민규 대한 요한이는
계곡물에 도취되어 지칠 줄을 모른다

앞산 메아리 자연의 숨소리
이젠 뒤로하고
우리는 다시 도심 속으로 떠나야 한다

그래도 우리들의 아름다운 추억은
먼 훗날 미래에 살고 있겠지

임지로 떠나가며

이제 곧 날이 밝으면
임지로 떠나가야 한다

달리는 차창
마음은 어느덧
아스라한 지평선을 헤맨다

있는 자나
없는 자
모두 허덕이지만

산다는 것은
그저 그렇고 그런 것
서둘지 말아야지 다짐해 본다

불규칙동사로 저무는 하루지만
황토 흙 길 끝 우리 집에
해바라기 노오랗게 피고
은빛 램프는 켜지겠지

이 시대의 상황이
노을에 젖고
잃어버린 계절만 돌아오지만

어느 비 갠 화창한 날
찬란한 비상을 꿈꾸며
내일을 산다

호롱불

옹기종기 모여 앉은 호롱불 둘레
먼 고향집
가족들은 단란하였지

침침한 호롱불 빛에 다가앉은 어머니
양말 깁던 바늘 실이 유난히 길었지

그나마 침침한 호롱불인데
연속 이어 피던 줄담배 아버지

다르륵 다르륵
그래도 소중스레
편물기를 아끼던 누나의 모습

깨알글씨 읽으며 밤이 깊은데
석유가 아깝다던 아버지 역정

아침 일어나 밤새 끄으른
까만 코 속이
오늘 돌이켜 생각하면
하도 그리워

문명이사 뒤떨어졌지만
그래도 우리는 가장 아름답던
핏줄의 단란이었지

사라진 송림다리

옥수수밭에 가려면
그 다리를 건너야

푸르른 옥수수 밭이기에
어린 날 하루에도 몇 번씩
건너던 다리

옛 이야기 따라
내 나이 헤아리며
건너던 다리
지금 눈앞에 선하구나

석양의 냇가 물고동 잡다
다리 위 건너는 소몰이 친구
지금도 부르고 싶어

장마를 치르면
온 동리 함께 모여
푸른 언어로 술렁이었지

이제 송림다리는
신시가지가 탄생하며
지상에서 사라졌다

물 속의 고향

굽이굽이 산 넘고
개울 건너
찾아가는 양지말 외가

펑펑 쏟아지는 눈에
길 막혀
아버지 손잡고
이백 리 길 높은 산마루 그 너머
하도 따뜻한 양지말 외가

꾸려준 쌈짓돈
외할머니 사랑
상기 나는 잊을 수 없어

주렁주렁 여덟 손자
자랑스런 아흔 해 드높은 정성

더 가까이 모시고자 다짐하지만
오늘은 모두 아비되고 어미되고

살길 따라 흩어졌으니
아마도 다시 모여 살기는
꿈에서일까
이제 곧 수몰지구
정든 고향도 물 속에 잠긴다는데 …….

II. 핑구재느티나무

6월의 바다

우린 그냥 떠났다
머언 바다로

무창포 해변
끝없는 수평선
탁 트인 가슴으로
사색에 잠기면
나는 자유인이 된다

바다위를 쏜살같이 달리는
모터보트에 몸을 싣고
수평선 향해 멀리 떠나보았다

그 바다는
나를 포용하며
새로 태어나게 했다

그대로 무창포에 머물고 싶었다
그 평화로운 6월의 바다에 서면
나도 바다가 된다

아버지

아버지
아무리 불러 봐도
대답 없는 메아리

남기신 마지막 말씀
귀에 쟁쟁한 포근한 음성

지난 밤
대화의 꿈길
헤어지던 슬픔이
가슴 뜨거워

내 고향 용담
묻히신 땅에
하염없이 달리는
짙은 그리움

아버님 곁으로
떠나실 날 기다리는
어머니 외로움에
가슴 아픈 밤

핑구재느티나무

핑구재
마루터 울창한
느티나무 새움이 트면

낮 딱따구리
밤 부엉이
세월의 강을 건너는 소리
엉기덩기
해마다
까치 새끼 닐꼬

황소 굴레
풍경 소리
노을이 지면
고향 마을 노인들은
먼 산을 본다

마음을 열고

태초에
하늘이 열리고 땅이 펼치어질 때
유구한 세월 이어 이어

오늘 내 마음 열리어
기쁨이 담기고
네 마음 열리어 내게로 흐르는
기쁨의 강물

활짝 열린 모두의 마음 마음
해맑은 누리

열린 마음 열린 삶
하나님이 주신 고마운 선물

쌍무지개 뜨는 언덕

눈 감으면
아름아름 떠 오르는
밤송이 머리 고교 시절
태평양만 한 꿈이 있었지

문득
강물은 그렇게 흘렀던가
옛집은 낯선 문패가 되고
옛 친구들은
민들레 꽃씨처럼 흩어졌구나

허리가 구부정했던
은사님은 백발이 성성하시겠구나

지금은 고향 보리밭에
고교 시절 풍금 소리 남아 있을까

추억은 미래에 있는 것
나 언제나 돌아가리
쌍무지개 뜨는
내 고향으로

어머니의 기도

거친 손등 주름진 얼굴
입가에 피어나는 어머니의 미소는
내 마음의 호수

고향을 지키는 외로움
기다림의 어머니는
나의 희망

소리 없는 어머니의 기도
내 귓전에 맴돌며
바른 길로 인도하는 안내자

먼저 가신 아버님의 몫까지 감내하며
무사 성장 기원하는
어머니의 희생은 위대합니다

흔들림 없는 어머니의 기도
무한의 사랑
달콤한 행복에 젖어 있습니다

겨울바다

바다는 푸른 근육으로
일어서고 있었다
어제 오늘 내일로 가는
삶의 터전
짠 내음 몸에 젖은
바다사나이

낚시로 그물로
걸어 올린 망둥이, 우럭, 놀래미, 갯장어
들풀처럼 짙어오는
저 그리움

멀리서
어둠이 깨지는 소리
의지의 불타는
찬란한 음계

최후의 몸짓은 하나가 되는 것이다
짐을 진 바다의 사냥꾼이여

안개에 대하여

수많은 낱말들이
허공에 둥둥 떠서 방황하다가
이 밤 안개 되어 내린다

오랜 시간 침묵의 체로 거르지 않은
숱한 말들은 소음에 불과한 것

그 말들은 무수한 대상을 칼질하고
타인의 가슴에 깊은 상처를 만든다

얼마나 쓸 데 없는 많은 말들이
말의 호수를
언어의 강을
오염시키고 있는가

나는 알고 있다
안개여
밤 안개여
그대가 회색 도시의 혼불을

잠재우고 있구나
분노의 이 한밤을 감싸 안아
꿈꾸게 하고 있구나

바람에 기대어

바람이 분다
두고 온 고향
서러워해야겠다

바람이 분다
세월의 강을 건너며
훠어이 훠어이 살아 온 계절

쑥대머리 진양조가락 고개를 넘으면
허기진 숲에 불어오던 바람
순수로 피던 하얀 박꽃

바람이 분다
두고 온 고향
그리워해야겠다
바람에 기대어

소사벌 이야기

바람 따라
물결 따라
팽성에서 평택까지 흘러오다

세월은 쏜 화살인가
강산이 두 번 변했지
두 아들의 아버지가 되어
새치가 늘었구나

아침 이슬 내린
도두리 풀밭
아산호의 꿈
만호리에 남긴 질문
소사벌은 나의 고향

삶

이제 곧 동이 트면
임지로 간다

달리는 차창
마음은 벌써
종착역에 다달은 듯

있는 자나
없는 자
모두 허덕이지만

산다는 것은
죽음으로 다가서는 것을 알고 나서는
서둘지 말아야지 다짐해 본다

땅거미 드리우는 저녁녘이면
그래도 우리는 포근한 집을 찾는다
언제나 오막살이 내 집이 좋기에

눈을 감고 지긋이
잃어버린 내 하루를 돌이켜 본다

내 삶은 내가 사랑하기에
내일에의 평화를 채색해 본다
곱디고운 내일로 가고 싶기에

성묘

조상님 무덤
성묘 길 몇 백 리

우거진 송림 사이 사이
손잡고 거닐던
아버님 생각

이 묘소 저 묘소
일러주신 아버님 사랑

층층으로 묻히신
조상님 산소

가슴에 묻어오는
아버님 그리움

무덤 앞에 엎드려
가슴 울먹이던 날

Ⅲ. 세월의 강

뭉게구름

이토록
내 곁을 맴도는
가솔이 있기에

이처럼
내가 매일
땀흘리는 일터가 있기에

이렇게
내 몸이 튼튼하여
보고 듣고 느끼고 깨달을 수 있기에
감사할 따름입니다

언제나 이렇게
감사하는 마음으로 살아가기에
이 마음 뭉게구름
뭉게뭉게 피어납니다

세월의 강

붉은 단풍과 함께
가을 맞으며
나에게도
가을이 오고 있음을 느끼게 한다

용문산 자락
은행나무 숲을 거닐며
그 동안 선후배 안부를 묻고
가을을 이야기한다

내 나이 이순耳順이 넘었으니
내 인생 가을이 왔음을
다시 한 번 실감한다

묵묵히 큰 변화 없이 살아온 날들
쓸쓸함과 허무감이 나를 감싼다

바람에 흔들리는 갈대처럼
쓰러질 것 같지만 다시 바로 서며
살아온 날들이 대견스럽다

언제나 젊은 청춘으로
늘 푸른 대나무일 수는 없다
곱게 물든 나뭇잎을 바라보며
세월의 강을 생각한다

오산천의 가을

오산천 산책로가 아름답다
길 따라
물 따라
먼 산
먼 하늘을 바라보며

무연히 걷다보면
두고 온 고향 더욱 더 먼 사람이 생각난다

물오리 떼 허공을 헤살지으며
필봉산 쪽으로 날아가면

허허로운 들판에 가을이 영근다
우리들의 아름다운 꿈처럼

관악산 소묘

일요일 오후면 관악산엘 간다
산은 말없이 모든 사람을 포용하기에
많은 사람들이 찾아든다

산은 언제나 거기 있었다
아버지처럼 터억 버티고 서서
잿빛 구름을 머리에 이고
태고의 정밀을 간직한 채
혼자 중얼거리며 나를 부른다

초로의 노인 부부가
허위허위 산을 오른다
오후의 해를 굴리며
한 폭의 동양화처럼 흔들리는
거룩하고 아름다운 관악산

선유도에서

늘그막에 학창 시절 상기하며
낭만의 섬
선유도에서 밤을 지새워 본다

저녁 노을 붉게 물든
하늘을 벗삼고
갯벌이 펼쳐진 명사십리 걸으며
여유로움을 가져본다

고군산 군도
산들 중 으뜸 선유봉
굳건한 기암 괴석
서해를 지키는 모습은 당당하다

이른 아침
갈매기 떼 몰려
삶을 일깨워 주고
살아 숨쉬는 선유도의 위상을 드높인다

전설과 함께 살아온 섬
오늘도 바다에 순응하며
슬기롭게 살아가는
섬 사람들

서해 낙조의 아름다움을
그대로 간직한 채
욕심 없이 자연인으로
그냥 이대로 살고 싶다

해 저무는 날

늘상 이렇게 살아오면서
반성과 새로운 다짐을 반복하며
12월을 맞는다

무엇인가 쫓고
쫓기다 보니
당초와는 거리가 멀어졌다

시작은 컸으나 결실이 부족해
아쉬움을 간직하는
허전한 삶을 알게 한다

허허 들판에 흔들리는
갈대를 바라볼 때
나의 나약함을 다시 읽을 수 있다

마른 나뭇가지에서
절규하는 잎새를 보며
한 해를 못내 아쉬워한다

오늘의 태양을 서녘 하늘에 걸며
내일을 힘차게 걷어 찬다
힘찬 새날을 맞이하기 위해

팔달산 기슭에서

화성, 긴 성을 둘러보면
한 눈에 내려다 보이는
성 안의 시가지는 고요하기만 하다

약수터 그늘에서 쉬고있는 토박이들은
마을 이야기꽃을 피우며
변함없는 노송과 함께 어울린다

성 밖 갈대는
바람에 흩들리며 반갑게 손짓한다

성벽을 한 바퀴 돌고나면
복잡했던 마음이 정리된다

고향

원님이 다스리던 동헌이 있고
공자님 제사 모시던 향교도 있고
한 때는 서슬이 번쩍이던 곳
그리운 용담

세월이 바뀌어
시골의 작으마한 면으로 내려앉고는
고요한 풍광
그래도 산곡은 너무도 평화로웠지

고인은 말했던가
치산치수란 말을

천 년 백 년 이어온 고향의 산마을
오늘 엄청난 저수지로
묻혀 버리니

아아, 그 시절
땅 내음 풀 내음 어디로 가고
어이하다 잃어버린 고향을 운다

사람들

돋는 해 지켜보며 재빠른 걸음
재촉하는 내일의 삶
모두는 삶의 터전을 다듬기 위해서인가

한낮은
북새 피는 희비의 곡선
모두는 제 몫을 찾으려는 몸부림인가

해질 무렵
지친 걸음 되돌아갈 때
포근한 쉼터야 오직
화목한 내 집

다람쥐 쳇바퀴 돌 듯
날마다 거듭되는 똑같은 걸음

허나 사람답게 살려는 길은
고요히 명상하는
자신과의 대화

동행

오늘도 내 몸을 맡긴다
언제나 변함없는
그 자리
나의 동행자
유일한 친구

나의 발이요 친구이기에
오늘도 나는
이 자리를 지키고 기다린다

내일도 모레도 글피도
이 자리에
나는 서련다
해바라기꽃이 되어

당신의 침묵

당신의 침묵은
위대한 웅변이 되어
나를 깨우칩니다

당신의 침묵은
내 가슴을 두드리는
종소리이기에
내 마음을 활짝 열어줍니다

당신의 침묵은
내 영혼을 일깨우는
생명의 찬양입니다

Ⅳ. 배움에의 길

마라톤

5km
10km
하프코스
풀코스
인내와 끈기로 성취감을 만끽한다

쉬지 않고
달리고 달리면
많은 생각들이 주마등처럼
스쳐 지나간다

마라톤을 통하여
나를 극복하고
나를 성찰하고
나를 괴롭힌 사람들을 용서한다

인생 행로는 단거리가 아니고
끊임없는 문제 해결로
장거리 마라톤임을 알려준다

학 문

불우했던 학창시절
공부의 의미를 느껴볼 수 없었다

객지 생활
쓴맛을 느껴본 후
배움의 중요성을
뼈저리게 느끼게 되었다

많이 배울수록
겸허해지고
몸가짐이 조심스러워진다

학문의 길이
얼마나 멀고 멀었던가

늦깎이 공부
절망을 딛고 일어서서
진리의 오묘한 환희 속에
내일을 산다

감 사

이토록
내 곁을 맴도는
가솔이 있기에

이처럼
내가 매일
땀 흘리는 일터가 있기에

이렇게
내 몸이 튼튼하여
보고 듣고 느끼고 개달을 수 있기에
감사 할 따름이외다

언제나 이렇게
감사하는 마음으로
살아가기에
이 마음 뭉게구름
뭉게뭉게 피어납니다

모정

원죄로부터 시작한 인생
떠날 수 없는 수심
눈을 뜨면 보이는 게
문밖을 나서면
끔직한 일들뿐

부모만 의지하던 내 어린 시절
떼를 쓰면 해결되던
행복한 시절

가지 많은 나무 바람잘 날 없듯
모진 풍상 견디다 가신 아버지
이제는 지쳐
한 가닥 희망을 간직한 채
홀로이신 어머니

허리가 굽어
그믐달이 되셨네

반달 같은 어머니는 어디 가셨나
젊은 어머니를 찾습니다

탄천에 가면

동네 분당을 감싸 안으며
굽이굽이 흐르는 개여울

밤이면 네온사인의 분당에
불꽃놀이 조화를 이루며
우주의 꽃밭을 만든다

지나 온 도시 이야기를 하며
아득히 흘러가는 물가에 서면
까마득히 흘러간 옛날의 금잔디를
생각나게 한다

때로는 흐르는 물처럼
다시는 뒤돌아보지 않고
아득히 흘러가고 싶다

역전에서

노숙자들이 역광장에
촛점 잃은 눈망울로 모여 있다

벌건 대낮부터 술에 취해
마구 떠들어 댄다

육신이 멀쩡한 사람들
미래 없는 사고방식으로
의지력 없이 보기흉한 모습들
긴 장대로 하늘을 잰다

먼 하늘
싸리 꽃 피는 먼 고향
언제 가려나

필봉산을 오르면

꼭두새벽 어둠을 헤치고
오르락 내리락 산을 오른다

필봉산 정상에 오르면
가슴이 탁 트인다
가볍게 몸을 풀고 운동을 하면
싱그러운 아침이 문을 연다

산은 어머님 품처럼
늘 넉넉하다
용기와 자신감을 주는
힘의 원천

그러나 산의 정상에 서면
하산해야 한다
산은 오르는 것보다
내려가는 것이 더 어렵다

나는 산처럼 우뚝 솟아
하늘과 수많은 이야기를 나누며
프르게
더푸르게
십자가를 지고 살고 싶다

칠보산

칠보산은 내 마음의 안식처
수련의 도장
칠보산을 오를 때면
늘상 그렇게 상쾌하다

이곳을 찾는 사람은
일곱 가지의 보물을 찾아 나선다
올라 가고 내려 가고 아기자기한
시이소오 게임 능선
한 차례 땀으로 개운하다

정상에 오르면
성취감으로 상쾌하다

푸른 옷을 단장한 봉우리마다
휴식을 취하는 많은 사람들
무언가 답을 찾고 내려가는 모습

늘 푸른 칠보산은 보물을 간직하며
발길을 접한 사람들에게
선물을 한아름 건네 준다

배움에의 길

배움은 배울수록 겸허해지고
알수록 머리가 숙여지고 순수해진다

배울수록 자신의 나약함을 깨닫게 되고
그래서 진리의 위대함을 알게 된다

자연의 섭리
우주의 신비함
우린 언제까지 어디까지 도전할까 궁금해 하지만
우주는 끝이 없다는 것을 알아야 한다

배울수록 즐겁고
새로움을 알게하는
오묘한 이치

날마다 새로운 날이 다가오고
무엇이 달라질까 기대해 본다

행복의 소리

그건 모습도 없고
빛깔도 없고
소리도 없어요

보이지 않고
들리지 않고
만질 수도 없지만

마음의 언덕에 뿌리내리는
꽃이 피는 소리
달이 뜨는 소리

비 오는 날에

비 오는 날엔
호올로 걸어본다

땅을 적셔주는 촉촉함이
먼저 가신 아버님 생각을 더해준다

비를 맞으며 한없이 걸으면
옛날얘기 들려주던
아버지의 낮은 목소리가 들려온다

김치국에 찐 고구마 먹으며
둘러앉은 형제들
빗물 따라 멀리 흘러갔으니

기다림이란 세월 속에
못다한 혈육의 정을 그리며
빗소리에 귀 멀어
한없이 걸어본다

아스팔트 사나이

궂은 일 벗삼아
부끄러움 없이
순수하게 살아가는 이들이 있다
그들은 어둠을 뚫고
새벽을 헤치며 삶을 찾는다

한낮에는 뜨거운 아스콘을 후비며
시끄러운 굉음도 아랑곳하지 않고
온종일 도로를 누빈다
신성한 노동을 만끽한다

바람 불면 바람을 맞고
비 오면 비를 맞고
눈 오면 눈을 맞으며
그냥 그렇게 산다

오늘도 바람 부는 아스팔트에서
서성이고 서성이며 하루를 산다
내일은 아침 이슬 내린 풀밭이리니

도라지꽃

1

누이는 갔다
서럽다
서럽다
꽃다운 나이

아지랑이 아른아른
꽃상여 따라
서낭당 고개를 넘던 날
흘러가는 구름도 멈추었다

2

길고 그리고 짧게
휘파람 불며
호올로 산길을 간다

오빠 하고 부르길래
뒤돌아보니
이 가을
누이는 하늘빛 도라지꽃으로
양지바른 언덕에 피고 있었다

젊은 고향

기억의 아궁이에
불을 지핀다

천년을 흐르는
산빛 고운 내 고향 용담

거긴 꿈틀꿈틀 용이 하늘로
치솟아 올랐다던 전설의 고향

오포동 옹애나무
고들빼기 캐던 절골
나를 지켜주던 메봉재
풍덩실 헤엄치던 섯바탕
하늘을 찌르는 용강산
태어나고 자라온 나의 쉼터
포근한 둥우리

아아

물 맑고 산빛 고운 그리운 고향
나 기어이 돌아가리라
찔레꽃 하얗게 피는 용담으로

V. 작품해설

조석구

실존적 자아 탐구와 인식의 반전

조 석 구 (문학평론가, 문학박사)

    고대영 시인이 두 번째 시집『핑구재느티나무』를 상재한다. 첫 시집『아버지의 바다』(2003 푸른사상)를 출간한 지 꼭 십삼 년 만의 일이다.

    그는 고향에서 고등학교를 졸업하고 군에 입대하여 만기 제대를 한 후 공무원 시험에 합격하여 첫 부임지로 평택에 보금자리를 튼다. 그는 어느 정도 자리가 잡히자 한국방송통신대학교 행정학과에 입학하여 면학의 불을 태운다. 오산시 개청과 함께 오산으로 근무지를 옮겨 20년간 오산시청에 머물면서 동장을 역임하는 등 오산시 발전에 기여해 왔다. 그러던 그가 경기도청으로 자리를 옮겨 갔다. 솔직히 그때 나는 조금 서운했다. 길이 아니면 가지 않는 그의 올곧은 공무원의 자세가 마음에 들었었기 때문이다. 하기야 큰물에서 놀아야 큰 고기가 된다고 했던가. 그런데 나중에서야 그가 직장을 옮긴 이유를 알 수 있었다. 대학원에서 사회복지학을 공부하여 석사학위를 받은 그가 박사과정에 도

95

전을 하기 위해서라는 것을. 그는 주경야독으로 드디어 그 어려운 박사학위를 획득하였다. 그리고 국제사이버대학교 겸임교수로 재직하면서 대한노인회 경기도연합회 노인자원봉사지원센터장으로 일하고 있다.

그는 대기만성 형이다. 늘상 나는 그의 인내와 끈기에 박수를 보낸다. 우보牛步천리千里라고 했던가. 그는 아마추어 마라토너이다. 풀 코스인 42.195 킬로미터를 여러 번 완주한 기록을 지니고 있다. 몸은 영혼을 담는 그릇이라고 했다. 그의 단단한 체력이 정말 부럽다. 그가 살아온 인생의 절반 이상 34 년간을 한 직장에서 모범 공무원으로 봉직한 그를 생각하면 큰 바위에 몸을 기댄 듯 든든하다.

버트란드 러셀은 말했다. 나는 학창시절 공부를 잘하지 못했다. 그러나 나는 크게 성공하였다. 나는 열정熱情(passion)이 있었기 때문이다. 그렇다. 열정은 자질이라고 말하지 않던가.

고대영 시인은 근면 성실하다. 그리고 검소하고 순수하다.

그는 공무원으로서 책임을 다하고 시간을 쪼개서 사회복지학을 공부하는 박사과정 학생으로서 그리고 그 분방 분망한 나날 속에서도 시를 놓지 않았으니 미루어 용지불갈用之不竭의 시심을 짐작할 수 있다.

도대체 그의 슈퍼맨 파워는 어디서 오는 것일까. 평범한 보통 사람은 상상도 못할 1인 3역을 해내고 있다. 그의 강인한 체력과 활화산처럼 타오르는 뜨거운 열정이 있기 때문이라고 나는 생각한다.

우리나라는 인구 비율로 보았을 때 시인이 가장 많은 나라라고 한다.

6백 개가 넘는 문예지가 발간되고 대부분의 대학이 문예창작과를 두고 있으며 신춘문예와 추천 제도를 두고 있는 특별한 나라다.

시인이 되어 아무리 열심히 시를 써 봐도 밥이 해결되지 않는 나라인데도 시가 홍수처럼 범람하고 있다는 것은 참으로 기이한 현상이라고 할 수 있다. 시를 쓰는 목적은 자기 표현의 욕구를 충족하면서 자기 존재를 확인하는 작업이다. 돈이 되지 않고 생활도 되지 않고 미래가 불투명한 시를 천형의 죄인처럼 끌어 안고 쓰는 이유는 무엇인가. 그것은 쓰지 않고는 못 배길 죽어도 못 배길 뜨거운 시에 대한 열정 때문이다. 예리한 눈으로 세상을 바라보며 세상의 비리와 부정과 부조리를 고발하고 때로는 흥분하고 소리를 높인다. 왜냐하면 시인은 가장 진실되고 아름다운 영혼의 소유자이기 때문이다.

시가 있는 세상은 아름답다. 시가 있는 세상은 언제나 따뜻한 양지쪽이다. 소멸 속에서 생명을 내는 것도 시이고 이별 속에서 만남을 가능하게 해주는 것도 시이다. 절망 속에서도 시는 예언의 말이 되어 우리의 갈 길을 밝혀주기도 한다.

붉은 단풍과 함께
가을 맞으며
나에게도
가을이 오고 있음을 느끼게 한다

용문산 자락
은행나무 숲을 거닐며
그 동안 선후배 안부를 묻고
가을을 이야기 한다

내 나이 이순耳順이 넘었으니
내 인생 가을이 왔음을
다시 한 번 실감한다

묵묵히 큰 변화 없이 살아온 날들
쓸쓸함과 허무감이 나를 감싼다

바람에 흔들리는 갈대처럼
쓰러질 것 같지만 다시 바로 서며
살아온 날들이 대견스럽다

언제나 젊은 청춘으로
늘 푸른 대나무일 수는 없다
곱게 물든 나뭇잎을 바라보며
세월의 강을 생각는다
— 「세월의 강」전문

  시경에서 시를 시언지詩言志로 정의하고 있다. 치열
한 시 정신 추구야 말로 시 창작에 있어서 또 하나의 필
수적 요건이다.
  생각의 참신성, 사물에 대한 자유로운 상상력이 뒤따
르지 않으면 무위한 일이 되고 만다. 오늘날 발표되고
있는 시들이 내면 세계의 여과를 통해서 재해석 된 언
어가 아니라 단순한 심경의 토로로 공감을 얻지 못하는
경우가 허다하다. 시는 가슴에서 머리로 가는 긴 여행
이다. 시인은 감성pathos으로 느낀 것을 이성logos과
지성으로 정리하여 표현해야 하기 때문에 그만큼 어려
운 작업이라고 할 수 있다.

오늘날 문화 다원주의 시대에 남의 소중한 작품을 함부로 평가해서는 안된다. 획일적 기준이 붕괴된 현대를 배경으로 하고 있는 만큼, 굳이 용훼한다고 하더라도 백인백색일 수밖에 없다.

뜨거운 충전의 상태, 이것은 모든 예술의 본원이며 핵심이다. 이 상태에 이르지 않고서는 볼 수도 없고 들을 수도 없으며 만질 수도 없다. 예술이 찾아내고자 하는, 만들어 내고자 하는 영원의 속살, 그 실재의 세계에 당도할 수가 없다.

인용된 시에서 시적 화자는 계절도 가을이고 자기 나이도 이순을 넘었으니 인생 전체로 볼 때 사계절 중 가을에 다달았음을 직감한다. 그리고 지나간 세월을 반추해 본다. 돈과 권력 그것은 꿀이 아니라 독이란 걸 안다. 명예나 명성은 짐이자 고통일 뿐이란 것도 안다. 거짓과 질투와 욕망과 배신의 거리에서 살아남기 위하여 얼마나 안간힘을 썼던가. 젊은 날 질풍노도의 시절, 푸른 꿈을 지니고 무지개를 좇던 청춘의 꿈은 이제 곱게 물든 단풍이 되었다.

봄은 봄이 할 바를 다하고 나면 그 자리를 여름에게 양보하고, 여름은 가을에게 양보 열매가 익고 나면 겨울에게 양보한다. 이것이 우주의 섭리라고 시적 화자는 생각한다.

사람도 마찬가지이다. 그래서 노자는 공성신퇴천지
도功成身退天之道라고 했다. 사람도 맡은 일을 다 하고
나면 그 자리에서 물러나는 것이 하늘의 도리라고. 그
래서 아름다운 퇴장은 참다운 인간 승리라고 했다. 시
는 저항과 갈등에서 출발한다. 그러나 그 부정 정신은
오히려 강한 긍정과 화해를 가져 온다.

눈 감으면
아름아름 떠 오르는
밤송이 머리 고교시절
태평양만 한 꿈이 있었지

문득
강물은 그렇게 흘렀던가
옛집은 낯선 문패가 되고
옛 친구들은
민들레 꽃씨처럼 흩어졌구나

허리가 구부정했던
은사님은 백발이 성성하시겠구나

지금은 고향 보리밭에

고교 시절 풍금 소리 남아 있을까

추억은 미래에 있는 것
나 언제나 돌아가리
쌍무지개 뜨는
내 고향으로

―「쌍무지개 뜨는 언덕」전문

시적 화자는 참으로 오랜만에 고향집엘 갔다. 사람은 저마다 마음 속 깊이 고향을 간직하고 살아간다. 가슴 속 가득히 떠오르는 순진무구한 벌거숭이 유년 시대의 그 하많은 추억들. 초겨울 미루나무 가지 사이로 부서지며 넘어가는 낙조. 그 하늘, 그 산, 그 나무, 그 동구 앞을 잊을 수 있을까. 옛 집은 낯선 문패가 그를 맞이한다. 대문을 두드렸지만 집 주인은 간 곳 없고 잡초 무성한 앞마당에는 적막만 쓸쓸하다. 한 번 가고 돌아올 줄 모르는 강물처럼 친구들은 민들레 꽃씨처럼 다 객지로 떠나가 풍경의 기억 저 편에서 시간들이 추억처럼 펄럭인다.

  도시는 요지경 속이다. 가진 자의 오만함, 없는 자의 비굴함, 사람과 사람 사이의 끊임없는 손익 계산, 정직과 능력보다 거짓과 모략이 힘이 되는 것을 알았을 때 도시가 병들어 가고 있음을 알게 된다. 인구 밀도는 결국 도덕적 밀도와 반비례한다는 것을 알게 된다.

산 목련이 이울고 쑥꾹새 울음 들려올 때 창풋잎이 은은한 향기를 뿜는 쪽마루에서 흰 저고리 자주 옷고름에 그토록 얌전하게 개피떡을 빚던 어머님의 체취가 남아 있는 고향을 잊지 못한다.

이유 없는 반항의 고교 시절 은사님, 그리고 초등학교 여선생님의 풍금 소리는 관능적으로 청보리밭을 헤살지웠다. 그러나 화자는 꿈과 낭만의 요람인 쌍무지개 뜨는 고향엘 먼 훗날 꼭 가겠다고 다짐한다. 그래서 그는 추억은 미래에 있다고 선언을 한다. 검색만 있고 꿈과 낭만과 사색이 없는 이 시대를 벗어나고 싶은 거다.

꼭두새벽 어둠을 헤치고
오르락 내리락 산을 오른다

필봉산 정상에 오르면
가슴이 탁 트인다
가볍게 몸을 풀고 운동을 하면
싱그러운 아침이 문을 연다

산은 어머님 품처럼
늘 넉넉하다

용기와 자신감을 주는
힘의 원천

그러나 산의 정상에 서면
하산해야 한다
산은 오르는 것보다
내려가는 것이 더 어렵다

나는 산처럼 우뚝 솟아
하늘과 수많은 이야기를 나누며
푸르게
더 푸르게
십자가를 지고 살고 싶다
                        — 「필봉산을 오르면」전문

　한 편의 시는 이상주의자의 길에 피는 꽃이다. 시인
은 외로운 존재이다. 자신의 시를 세상이 몰라준다고
해도 세상을 원망해서는 안된다.
　시인의 진실과 참된 시는 하나이기 때문에 세상이 몰
라준다면 시인의 잘못이 아니다. 세상이 잘못 된 것이
다. 그래서 시인은 외롭고 혼자인 것이 시인의 운명인
것이다.

불면의 밤으로 잠 못 이룬 시적 화자는 꼭두새벽 어둠을 헤치고 산을 오른다. 정상에 올라 찬란한 태양을 맞이한다.

이 세상에 존재하는 모든 것들은 서로 갈등하고 대립한다. 갈등과 대립이 없다면 존재의 의미가 없다. 나와 내 운명이 갈등하고, 나와 사회가 갈등하고, 나와 역사가 갈등하고 대립한다.

산은 어머님 품처럼 늘 넉넉하고 용기와 자신감을 주는 힘의 원천이지만 정상에 오르면 하산해야 한다. 산은 오를 때보다 내려가는 것이 더 어렵다는 것은 누구나 다 아는 사실이다.

시적 서술자는 여기서 우리 인생의 한평생을 생각한다. 젊은 날 오로지 오르기 위하여 정신적으로 육체적으로 일정한 뿌리를 갖지 못하고 주체성 없이 흔들리며 고갈된 지식과 영혼으로 벼랑에 서 있게 만들었던 때를 생각한다.

물욕과 명예욕에 시달리며 지나친 생존 경쟁의 틈바구니에서 언제까지 비명을 지르며 살 것인가. 도대체 이렇게 살아서 어쩌자는 것이냐고 반문하던 시절 그래서 그 여름에 술을 배웠고, 그 여름에 포기를 배웠고, 그 여름에 방황을 배웠다. 숨막히는 현실의 높은 벽을 뛰어 넘기 위하여 얼마나 피나는 노력을 했던가.

만약 행복과 기쁨이 충만하다면 시가 필요 없다. 불행, 고독, 결핍감, 고통의 극복을 위해 시는 필요하다. 상처 받은 영혼을 치료하기 위하여 시는 존재하는 것이다.

이제 시적 서술자는 정상에서 내려가야 한다. 그는 이제 산전수전 공중전까지 겪다 보니 불원천不怨天 불우인不尤人이다. 시대와 사회가 내 뜻대로 되지 않아도 하늘을 원망하거나 남을 탓하지 않는다. 눈에 눈물이 없으면 그 영혼에 무지개가 없다는 걸 알기 때문이다.

이제 이순耳順이 되어 도무소부재道無所不在로 진리가 어디에나 존재한다는 것을 알아차리기 때문이다. 그토록 방황했던 열기와 저 번뇌의 발자욱으로부터 추억의 빛깔을 접고 무형의 언어를 안은 채 귀로에 서는 시간이란 걸 터득했기 때문이다.

깡통따개는 깡통을 따기 위해서 중심에서 가장 먼 가장자리를 돌지만 그것이 깡통 뚜껑을 여는 최선의 방법이란 걸 터득했기 때문이다.

고대영 시인은 착실한 크리스천이다. 인용된 시의 마지막 행에서 '더 푸르게 십자가를 지고 살고 싶다'고 했다. 시는 시적 화자의 참회록이며 목숨에 대한 반성문이다.

고대영 시인의 시의 지향점은 상실한 인간성 회복과 휴머니즘으로 요약된다. 인간의 숙명적인 허무와 고독이라는 철학적 명제의 성찰을 통해 꿈과 사랑의 삶을 형상화한 점에서 특징을 찾을 수 있다. 소시민의 애환과 삶의 우수를 따뜻한 시선으로 긍정적으로 바라보려고 노력을 하고 있다.

시는 선택 받은 자들의 빵이자 저주 받은 양식이다.

시인이 가야할 길은 아직도 멀고 멀다.

꿈꾸는 자는 행복하다. 고대영 시인은 새로운 꿈으로 제2의 인생을 설계하고 있다.

시는 고대영 시인의 신앙이자 종교이기 때문에 새로운 시적 반란을 일으켜 놀라운 변신으로 새로운 시세계를 전개해 나갈 것이다. 그는 공무원을 은퇴 隱退하였다. 은퇴를 뜻하는 영어 retire는 인생의 타이어를 새로운 것으로 바꾸어 끼는 것을 의미한다.

시집 『핑구재느티나무』상재를 진심으로 축하드리며 그의 앞날이 햇빛 쏟아지는 아침 이슬 내린 푸르른 초원이기를 간절히 기원한다.

고대영 高大榮 시인 연보

1955 전라북도 진안군 용담면 수천리 213번지, 농부인 아버지 제
    주 고高씨 복구福九님과 어머니 수원 백白씨 병용柄鏞님의
    7남매 중 둘째 아들로 장흥백파 27세손으로 태어남.
    새벽 4시에 태어나서 부지런하고, 사주에 관官직을 갖을거
    라고 어머니께 들었음
1962 용담초등학교에 입학, 1학년 때 급체로 대전병원에 치료차
    하루 결석하여 정근하고, 2학년~6학년까지 개근하여, 초
    등학교 졸업 6년 정근상을 수상하였음
1968 초등학교를 졸업하고 가난으로 중학교를 입학하지 못해 전
    남 여수에서 1년간 라디오 가게 '양춘소리사'에서 점원생활
    을 하였음
1970 누나(고태순)의 도움으로 용담중학교에 입학하게 됨, 당시
    누나는 편물로 스웨터를 만들어 판매한 수익금으로 중학교
    학비를 지원하였음
1972 자유교양 독후감경진대회 출전(용담중학교 대표로 전라북
    도내 중학교 독후감 대회 참여)
1973 용담중학교 수석 졸업(우등상, 학교장상, 3년 개근상 수여),
    이찬규 담임선생님의 영향을 받음
    전주동산고등학교(현재 우석고등학교)에 입학
1976 동산 교지(2호)에 산문 게재 '정든 모교'
    고등학교 졸업 후 가정형편이 어려워 대학진학을 포기하고
    육군에 입대하게 됨(논산훈련소 23연대 4중대)

후반기 교육은 육군병참학교(대전)를 수료하고, 육군보병
학교에서 보급행정업무를 수행

1979 육군병장으로 3년 만기제대 후, 기술을 배워 외국에 취업하
기 위해 천안공고부설 천안공업기술원양성소에서 1년간 건
축제도 공부를 하면서, 행정공무원 시험공부를 병행하였음
5급 을류 공개경쟁채용시험 합격

1980 평택군 팽성읍사무소에 공무원 초임발령, 첫 업무는 사회
복지 업무로써 영세민 취로사업, 구호양곡 배급업무를 취
급하였음

1981 팽성읍장 표창(식량증산시책 유공)

1982 평택군수 표창(반상회 활성화 시책 유공)

1983 김종소 목사님의 중매로 경주김씨 정란貞蘭
(피아니스트, 청하주산암산속셈학원 원장)과 결혼

1983 장남 귀한貴漢 태어남

1984 평택군수 표창(민방위 업무 유공)

1986 평택군청으로 발령받아 건설과, 재무과 업무를 취급
차남 요한燿漢 태어남

1988 건설부장관 표창(건설행정 유공, 건설의 날)

1989 오산시청으로 발령받아 민방위과 근무
그해 11월에 6급으로 승진하여 세마동사무소 사무장으로
근무, 그 후 지역경제계장, 세무2계장, 징수1계장, 건설과
보수계장, 기획감사실 법무계장, 의회법무계장, 회계과 재

산관리계장, 환경보호과 환경관리계장, 회계과 경리계장, 기획감사실 기획계장, 세무과 도세계장 등 다양한 행정업무 수행

1989 한국방송통신대학교 행정학과에 입학

공무원 초급간부양성반 6개월 연수과정에서 일본과 대만 연수

저서 : 지방자치에서의 자주재원 확충과 효율적 운영방안 (제5회 시 · 군 행정연수대회 연구 논문집)

1991 오산문학회 회원활동

1992 아버님 임종 (2.4 오전 11시20분)전라북도 진안군 용담면 수천리 150번지 자택에서, 구정날 자식들 앞에서 편안히 영면하셨음

오산시장 표창(공무원 독후감 경진대회 최우수)

1993 국회의원 표창(오산지역문화예술 창달 유공, 정창현 국회의원)

1994 월간『문학공간』에 시부문 등단

평택문인협회 회원

1996 경기도공무원문학회 활동, 경기문학인협회 회원, 한국현대 시인협회 회원

1997 한국방송통신대학 행정학과 졸업(5학년 과정 졸업)

한국문인협회 회원

내무부장관 표창 (열심히 일하는 내무공직자상)

1998 경기대학교 행정대학원 입학

올해의 경기문학인상(신인상)-경기문학인협회

1999 경기대학교 행정대학원 장학금 수혜

2000 오산시의회 의장 표창(의정활동지원 유공)

사회복지학 석사 졸업, 사회복지사 1급 자격 취득

석사논문「청소년비행의 발생원인과 방지대책에 관한 연구」

경기대학교 총장 공로상 수상

2001 경기도공무원문학회 詩분과위원장

2002 오산대학교 평생교육원, 크리스토퍼 리더십 코스 강사활동

마라톤 풀코스 완주(7회)

제5회 서울마라톤대회(4시간25분13초)

조선일보 춘천마라톤대회 풀코스 완주(4시간 30분) 등

경기도청 및 14개 시 · 군 환경부서 공무원 일본 가나가와현

및 7개시 방문, 환경정책 교류연수(12일)

2003 시집『아버지의 바다』출간

2004 오산대학교 아동보육과 외래교수 / 자원봉사론, 노인복지

론, 인간행동과 사회환경, 지역사회복지론

경기도지사 표창 (자랑스런 공무원상)

2006 중국연변 크리스토퍼 리더십 CEO반 17기 강사활동

2007 사무관 승진, 오산시 중앙동장

캐나다 루멘연구소에서 크리스토퍼 리더십 코스 CLC-2단

계 교육

2009 경기도청으로 발령(경기도 건설본부)

아내와 함께 30년 이상 장기근속 공무원 해외시찰
(서유럽 5개국 프랑스, 스페인, 이탈리아, 스위스, 독일)

2010 경기도청 노인복지과

2011 경기도의회 공보담당관실

2010 청소년지도사 2급(여성가족부)자격 취득

2011 경기복지재단 최고지도자과정 제4기 교육이수
평생교육사 2급(교육과학기술부) 자격취득

2012 대한적십자사 총재 포장증 수여, 헌혈 30회 공로

2013 학술논문 발표, 「우울 영성 및 사회적 지지가 대학생들의
자살 생각에 미치는 영향」, 한국교회사회사업학회
행정사(안전행정부) 자격취득
국제사이버대학교 복지행정학과 외래교수(지방의회론, 사
회복지현장 사무관리)

2014 공무원 34년 명예퇴임(경기도청 행정서기관), 녹조근정훈
장(대통령)
강남대학교 사회복지전문대학원 졸업(사회복지학 박사학위
취득), 지도교수 : 임현승 교수
박사논문 : 「은퇴 공무원과 은퇴 예정 공무원의 생활만족도
에 영향을 미치는 요인」
학술논문발표 : 「노인장기요양시설의 서비스 구성요인이
조직성과에 미치는 영향에 관한 연구」 한국벤처창업학회
고구려대학교 다문화복지학과 외래교수, 사회복지실천기술론

수원문인협회 회원, 국제펜클럽 한국본부 회원

공무원 퇴직 후 재취업 : 대한노인회 경기도연합회

2015 대한노인회 경기도연합회 노인자원봉사지원센터 센터장으로 승진

노인집단상담사 2급 자격(한국노인상담연구소) 취득

노인자살예방지도사, 심리상담사 자격(한국고령사회교육원)

토론회 참여, 경로당발전방향모색을 위한 정책토론회(서울시경로당광역지원센터)

한국문인협회 수원지부 감사

2016 장남 결혼 고귀한(서강대학교 경제학과 졸업, 중소기업진흥공단 근무), 신부 윤민영尹敏永(강남대학교 문헌정보학과, 과천시청 근무)

국제사이버대학교 복지행정학과 겸임교수

경기복지거버넌스 실무협의회(노인복지분야)위원

경기도주민참여예산위원회(문광복지분과) 위원장

경기문학인협회 이사

우리동네사람들 시인선 · 002

핑구재느티나무
고대영 시집

2016년 6월 1일 인쇄
2016년 6월 15일 발행
지은이 고대영 yeong@gg.go.kr

펴낸이 한민규
펴낸곳 우리동네사람들
주소 경기도 오산시 성호대로 89번길, 206호
전화 1577-5433
팩스 031-376-1767
메일 woori1577@hanmail.net
홈페이지 woori1577.com

ISBN 979-11-956995-7-5

「이 도서의 국립중앙도서관 출판예정도서목록(CIP)은 서지정보유통지원시스템 홈페이지
(http://seoji.nl.go.kr)와 국가자료공동목록시스템(http://www.nl.go.kr/kolisnet)에서 이용
하실 수 있습니다.(CIP제어번호: CIP2016012768)」